經典
少年遊

012

桃花扇

戰亂與離合

The Peach Blossom Fan
Love Story in Wartime

繪本

故事◎趙予彤
繪圖◎吳泳

暖暖的春風吹過秦淮河，水中
倒影映出一整排美麗的樓房，
白雪一般的梨花也來湊熱鬧，
飄送陣陣花香。侯方域悠閒的
走著，恰巧遇見說書人柳麻
子。他們一同散步，走到煖翠
樓。「龍友兄，你也來了！」

「樓上正在舉辦盒子會呢！」

「什麼是盒子會？」

「一群女子，相約聚會，她們把奇異的珍品放在盒子裡，互相比賽，誰的物品最精美，就是贏家。」

「我們能參加嗎？」

「門鎖住了，不准男人參加。」

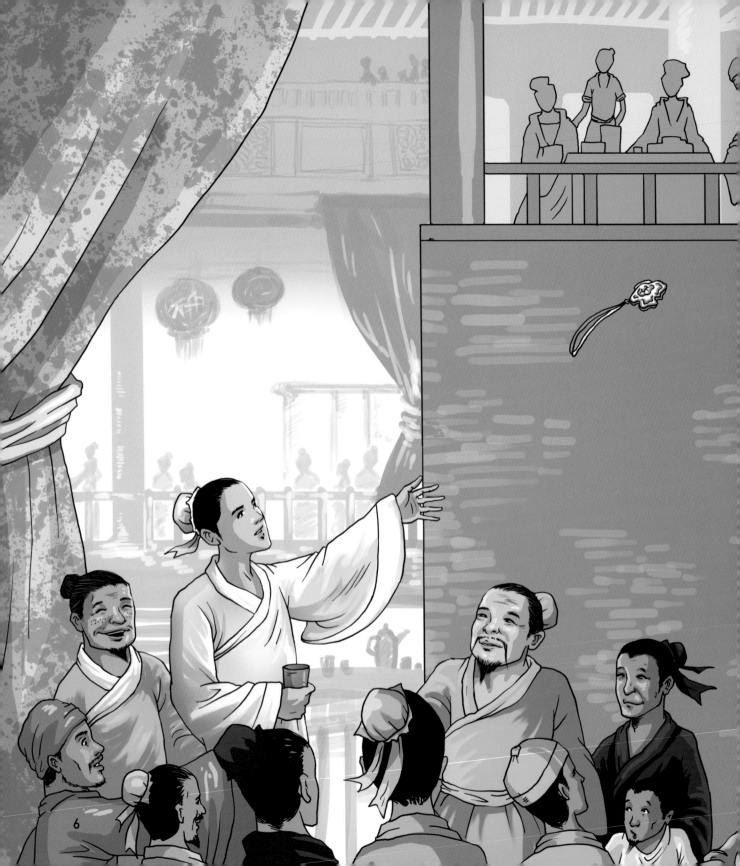

悠ㄧㄡˊ揚ㄧㄤˊ的ㄉㄜ˙樂ㄩㄝˋ音ㄧㄣ傳ㄔㄨㄢˊ來ㄌㄞˊ。

「她ㄊㄚ們ㄇㄣˊ正ㄓㄥˋ在ㄗㄞˋ比ㄅㄧˇ賽ㄙㄞˋ，選ㄒㄩㄢˇ出ㄔㄨ一ㄧ個ㄍㄜˋ演ㄧㄢˇ奏ㄗㄡˋ樂ㄩㄝˋ器ㄑㄧˋ的ㄉㄜ˙高ㄍㄠ手ㄕㄡˇ！」

「我ㄨㄛˇ來ㄌㄞˊ丟ㄉㄧㄡ個ㄍㄜˋ禮ㄌㄧˇ物ㄨˋ上ㄕㄤˋ去ㄑㄩˋ吧ㄅㄚ˙！」

侯ㄏㄡˊ方ㄈㄤ域ㄩˋ聽ㄊㄧㄥ得ㄉㄜˊ陶ㄊㄠˊ醉ㄗㄨㄟˋ，順ㄕㄨㄣˋ手ㄕㄡˇ把ㄅㄚˇ扇ㄕㄢˋ子ㄗ˙上ㄕㄤˋ的ㄉㄜ˙檀ㄊㄢˊ香ㄒㄧㄤ扇ㄕㄢˋ墜ㄓㄨㄟˋ解ㄐㄧㄝˇ下ㄒㄧㄚˋ來ㄌㄞˊ，向ㄒㄧㄤˋ樓ㄌㄡˊ上ㄕㄤˋ拋ㄆㄠ去ㄑㄩˋ。過ㄍㄨㄛˋ了ㄌㄜ˙不ㄅㄨˋ久ㄐㄧㄡˇ，一ㄧ個ㄍㄜˋ純ㄔㄨㄣˊ白ㄅㄞˊ的ㄉㄜ˙禮ㄌㄧˇ物ㄨˋ從ㄘㄨㄥˊ樓ㄌㄡˊ上ㄕㄤˋ掉ㄉㄧㄠˋ下ㄒㄧㄚˋ來ㄌㄞˊ。

潔白的手帕包著鮮嫩的櫻桃，看起來美味可口。楊龍友跟她們都很熟識，一看就知道這是香君的手帕。香君像仙女下凡，移動著輕柔的腳步，慢慢的走下樓來。侯方域笑著說：「果然是天下第一美人啊！」

侯方域的眼睛離不開香君，香君也偷偷的看著他。

「我看兩人是一見鍾情了，不如找個好日子結婚吧！」「唉！說實話，我只是個貧窮的讀書人。」楊龍友拍著胸脯說：「別擔心，錢的事情包在我身上。」

楊龍友派人送來幾箱華麗的首飾和衣物，
要讓香君當一個美麗的新娘。婚禮當天，
香君的義母李貞麗忙得團團轉，招呼親朋
好友。歡樂的氣氛瀰漫了整個下午，直到
太陽緩緩落下。

賓客散去之前，有人吆喝著，新郎應該送給新娘一個特別的禮物。侯方域想了想，叫僕人送來筆墨，打開隨身攜帶的扇子，寫下一首詩，讚美香君的美，像桃李花那樣清新怡人。

5

第二天一早，楊龍友又來拜訪。「這次的婚禮讓楊老爺花了不少錢吧？」「這些錢是阮老爺給的。」「是阮鬍子嗎？我跟他並不認識啊？」「他想跟妳做朋友。」香君一聽，立刻收起笑容站了起來。

16

枯樹昏鴉小橋流水人家
古道西風瘦馬夕陽西下
斷腸人在天涯
～蘆庵主人

她把精緻的髮飾拔下來，脫下華麗的外衣，往地上扔。大聲罵著：「阮鬍子做過多少壞事，難道你不知道嗎？他連好朋友也陷害，我不想跟他打交道，請把東西還給他。」楊龍友無可奈何的離開了。

端午節那天，秦淮河畔人山人海，侯方域和李香君也夾在人群中。河上的燈船一艘接著一艘，好像一條發亮的巨龍。船上坐著有權有勢的大官和商人，在五色紗燈的照耀下，開懷暢飲！

21

香君輕輕嘆著氣：「這些奢侈的官員，國家都快滅亡了，還有心情遊樂。」她的聲音小得聽不見，被淹沒在歡樂的音樂聲中。

　在ㄗㄞ一ㄧ個ㄍㄜ寒ㄏㄢ冬ㄉㄨㄥ的ㄉㄜ深ㄕㄣ夜ㄧㄝ，響ㄒㄧㄤ起ㄑㄧ急ㄐㄧ促ㄘㄨ的ㄉㄜ敲ㄑㄧㄠ門ㄇㄣˊ
聲ㄕㄥ。楊ㄧㄤˊ龍ㄌㄨㄥˊ友ㄧㄡˇ喘ㄔㄨㄢˇ著ㄓㄜ氣ㄑㄧˋ說ㄕㄨㄛ：「侯ㄏㄡˊ兄ㄒㄩㄥ，快ㄎㄨㄞˋ收ㄕㄡ拾ㄕˊ
行ㄒㄧㄥˊ李ㄌㄧˇ，逃ㄊㄠˊ命ㄇㄧㄥˋ啦ㄌㄚ！阮ㄖㄨㄢˇ鬍ㄏㄨˊ子ㄗˇ故ㄍㄨˋ意ㄧˋ陷ㄒㄧㄢˋ害ㄏㄞˋ你ㄋㄧˇ！」
　「唉ㄞˋ！我ㄨㄛˇ不ㄅㄨˋ想ㄒㄧㄤˇ走ㄗㄡˇ！」香ㄒㄧㄤ君ㄐㄩㄣ嚴ㄧㄢˊ肅ㄙㄨˋ的ㄉㄜ看ㄎㄢˋ著ㄓㄜ
他ㄊㄚ說ㄕㄨㄛ：「你ㄋㄧˇ不ㄅㄨˋ走ㄗㄡˇ，就ㄐㄧㄡˋ會ㄏㄨㄟˋ有ㄧㄡˇ生ㄕㄥ命ㄇㄧㄥˋ危ㄨㄟ險ㄒㄧㄢˇ！」

李貞麗一把鼻涕一把眼淚的說：「國家還有王法嗎？」離別的時候，兩個人含著眼淚，緊握的手也捨不得分開。「快走吧！」楊龍友擔心官兵捉人，拉著侯方域消失在黑夜裡。

一轉眼，春天來了又走，香君總是坐在房裡發呆，貞麗看得好心疼。「妳已經半年沒有走出房門，這樣會生病的！」此時，楊友龍帶著幾個朋友一起來探望香君，她的臉上才出現一絲笑容。

「侯兄還沒有任何消息嗎？」「守著空蕩蕩的房間，好可憐啊！」「田大人的勢力很龐大，他拿出三百兩銀子，想跟妳求婚。」朋友七嘴八舌的勸著，香君無動於衷，只說：「那麼愛錢，妳自己嫁吧！」

香君的脾氣像石頭那樣硬，阮
鬍子抓到這個機會，又開始散
播謠言。田仰大人是赫赫有名
的官員，哪裡吞得下這口氣，
他找了一群人，抬著轎子直接
去搶人。楊龍友覺得不對勁，
快步向前跟著去。

迎親隊伍浩浩蕩蕩，來到大門前。「等一
等！讓她打扮好再上轎。」楊龍友趕緊捧
著銀子上樓。貞麗哭著說：「楊老爺，你
居然幫這些人欺負我們。」「我是來幫妳
們的，可是，我也想不出好法子。」

「妳嫁給他，要什麼就有什麼！」
「我要繼續等，就算等一百年，我也不後悔。」貞麗勸不動，生氣的喊著：「都來搶人了，妳逃得過嗎？」香君拿起扇子一陣亂打，哭叫著：「我不要下樓！」

忽然，香君往前一跌，頭撞到地板，鮮紅的血灑到扇子上，就這麼昏了過去。「不如妳代替香君出嫁吧！」「會被認出來嗎？」「他們沒人見過香君，不會發現的。」貞麗梳妝後，坐上了花轎。

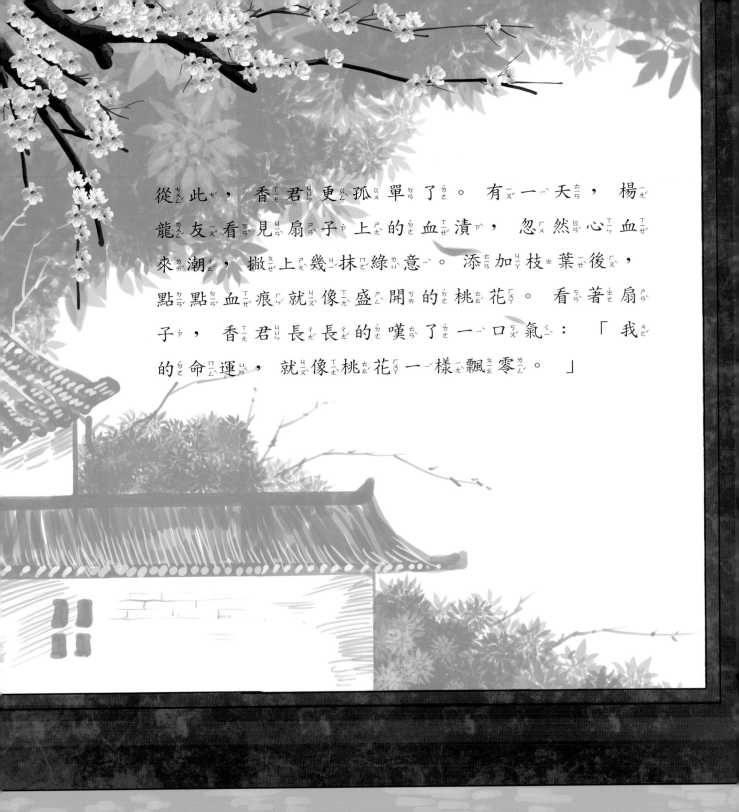

從此，香君更孤單了。有一天，楊龍友看見扇子上的血漬，忽然心血來潮，撇上幾抹綠意。添加枝葉後，點點血痕就像盛開的桃花。看著扇子，香君長長的嘆了一口氣：「我的命運，就像桃花一樣飄零。」

41

桃花扇

戰亂與離合

讀本

原典解說◎趙予彤

與桃花扇
相關的⋯⋯

44　人物

46　時間

48　事物

50　地方

走進原典的世界

52　桃花扇

56　李香君

60　侯方域

64　楊龍友

編後語

68　當桃花扇的朋友

69　我是大導演

孔尚任的傳世劇作《桃花扇》是在許多好友幫助下才得以問世，雖然故事未必符合史實，但人物大多有史可考。

孔尚任（1648～1718年），號東塘，孔子第六十四代孫，清朝戲曲作家。《桃花扇》是他最著名的作品，與洪昇《長生殿》共享盛名，時稱「南洪北孔」。他曾受到康熙破格提拔到北京任官。但是《桃花扇》中描述明朝遺事，或許因此遭忌，使得孔尚任罷官返鄉，隱居終老。

孔尚任

TOP PHOTO

侯方域

相關的人物

柳敬亭

顧彩

侯方域，字朝宗，明末清初著名文學家，「明末四公子」之一，入清後與汪琬、魏禧並稱「國初三家」。侯方域為世族子弟，曾在史可法幕府代筆公文，又於左良玉舉兵前致書勸退。然而他懷才不遇，流連聲色，《桃花扇》便是描寫他與名妓李香君戀愛的故事。上圖為河南商丘壯悔堂翡翠樓內懸掛的侯方域畫像。

顧彩，號夢鶴居士，清初戲曲作家。康熙年間，顧彩任職內閣中書，因為精善戲曲，與孔尚任成為好友。兩人合作撰寫《小忽雷》傳奇，都由顧彩填詞。他另外創作有《南桃花扇》及《後琵琶記》各一本，和《曲錄》一同流傳於世。

柳敬亭，著名說書人、評話家。原姓曹，少年時性格剽悍，因犯罪潛逃而改名，以說書之藝游於名士、官府要員之間。他說書時，能夠流暢運用五方土語，曲盡人情。《桃花扇》中，〈修札〉一齣便是描述他致書左良玉時，語帶機鋒、令人傾倒的故事。

佟鋐，字蔗村，天津人，清初詩人。他所居住的浣花村旁的豔雪樓，是以妻子的名字來命名，村民俗稱為佟家樓。他撫養明朝遺民屈大均的孤兒，而有仁義之名。《桃花扇》雖然名震一時，卻始終沒有刊刻出版。佟鋐與孔尚任私交甚篤，他在拜訪孔尚任時，慷慨解囊，拿出五十金資助，《桃花扇》才有機會正式出版。

李楠，清朝官員，明末遺民史學家李清之子。孔尚任曾在李清的映碧園中修改《桃花扇》，很受李清賞識。後來李楠得知《桃花扇》完稿，連忙贈送碎金，索取《桃花扇》作為除夕讀物，又出資請戲班排演，從此以後北京城裡各大宅院天天都在上演《桃花扇》，使孔尚任成為眾所矚目的焦點。

李香，又名香君，明末秦淮名妓。李香君嫁給侯方域為妾，極力反對他與阮大鋮結交，因此得罪阮大鋮。侯方域在外避禍時，有高官向李香君求婚，她以自毀容貌來保全清白。晚年隨侯方域回到歸德，住在侯氏莊園內。侯方域《壯悔堂集》中有〈李姬傳〉，記錄了他與李香君的故事。右圖為壯悔堂內懸掛的李香君畫像。

孔尚任生當明末清初士人處世艱難之日,他窮其十餘年的心力,鎔鑄歷史與個人悲憤,完成《桃花扇》劇作。

TOP PHOTO

1645 年

1645 年 5 月,清軍攻破揚州,在城內展開十天的殘酷屠殺,稱為「揚州十日」,死難者多達數十萬人。督軍守衛揚州的史可法在城破時本想自殺,被部下阻止。清軍將領多鐸勸降不成,殺死史可法。《桃花扇》中,〈誓師〉、〈沉江〉描繪出這段歷史,虛構出史可法投江自盡的情節。上圖為清代堅白道人所繪〈沉江〉。

揚州屠城

相關的時間

出生至成年

面聖講經

1648 ～ 1678 年

孔尚任是孔子第六十四代孫,八歲就被送到孔廟旁的四氏學宮讀書,十八歲考中秀才,到三十歲時父親去世都沒考中舉人。他於是任隱居石門山,幾年後才出山,在孔府編修家譜與地方志。

TOP PHOTO

1684 年

康熙皇帝南巡北返途中,前往山東曲阜祭孔,指定從孔氏子弟中挑選兩名擔任講經。孔尚任受到推薦,講辭獲康熙賞識,因此被提拔到北京任國子監博士。孔尚任的〈出山異數記〉就記載此事。《桃花扇》主要是孔尚任在北京期間寫作完成的。左圖為描繪康熙到曲阜時的〈孔尚任引駕圖〉。

任職淮陽

1686 ～ 1688 年

孔尚任出仕後不久，被派任淮陽疏浚黃河入海口。兩年期間結識了許多明朝遺民，於揚州參拜史可法衣冠塚，又至南京遊歷秦淮河、明故宮、拜明孝陵，到棲霞山白雲庵拜訪道士張瑤星，聆聽南明史事，為《桃花扇》增添了許多素材。

完稿

1699 年

《桃花扇》在孔尚任十多年的嘔心瀝血創作下，終於在這一年六月完成。這部作品為他贏得極大的名聲，一時間聲名大噪，四處傳鈔演出，連康熙都忍不住向大臣借來觀賞。但是次年孔尚任就被貶官，可能是內容觸犯了清朝的忌諱所致。

晚年生活

1700 ～ 1718 年

孔尚任罷官之後，回到家鄉石門山隱居，時而出遊訪友，生活簡單。晚年為生活所困，他曾到山西協助劉棨纂修《平陽府志》，到萊州擔任知府的幕僚，又到淮南投靠劉廷璣，為他編修清朝詩人選集《長留集》以及《葛莊分類詩鈔》。最後才又返回家鄉，病逝在石門山的寓所中。

初刊面世

1708 年

據孔尚任〈桃花扇小識〉所言，《桃花扇》最初刊本最有可能是 1708 年戊子所刻。此後，因為孔尚任早已罷官，無錢印書，直到友人佟鋐資助五十金，才能廣泛印行。此後又有蘭雪堂本、西園本、暖紅室本。其中暖紅室本由李詳校勘，李詳五世族祖為李清，正是孔尚任的長輩。

《桃花扇》根據真實歷史背景與人物而創作，劇中有許多事物都具有高度的史實特色，因此容易令人入迷。

《桃花扇》，清代著名傳奇劇本，是孔尚任撰寫十餘年、三度易稿之作。透過侯方域與李香君相戀的故事，反映南明朝中政治動盪、清軍南下的歷史事件。戲劇中雖然有虛構成分，但是考證精核，以「信史」聞名，詞曲典雅、說白生動，藝術成就極高。

復社，明末文人團體，以復興古學、發揚清議為號召。早期領袖為張溥、張采，引導後學撰寫文章、科考仕宦。後來發展為全國性社團，入社者多達數千人，聲勢大時能夠遙控科舉考試結果。成員中多有東林黨人子弟涉入黨爭，因此南明時遭阮大鋮、馬士英等迫害。

萬曆年間，顧憲成、高攀龍在無錫東林書院講學，議論政治得失，人數漸多，因而形成東林黨，與宦官組成的閹黨對立。魏忠賢垮臺後，黨爭仍然持續，演變為復社與阮大鋮的抗衡局勢，也是《桃花扇》故事的歷史背景。

桃花扇

復社

相關的事物

東林黨

南明

南明，指李自成攻陷北京後，明代皇族在南方成立的幾個地方政權。主要有弘光帝朱由崧、隆武帝朱聿鍵、紹武帝朱聿鐭、永曆帝朱由榔等等。南明政權大多短命，永曆十五年吳三桂率軍入緬，俘獲永曆帝，鄭成功又病死於台灣，使得南明抗清的活動宣告終結。

閹黨

閹黨指依附宦官而形成的政治集團，是帶有強烈貶義的稱謂。明代宦官專權嚴重，英宗時有王振，憲宗時有汪真，武宗時有劉瑾，僖宗時有魏忠賢，他們得到皇帝寵信，廣收賄賂，以錦衣衛監控異己。東林黨與閹黨相互敵視，餘波延續到明代滅亡為止。也有人認為，明代便是亡於黨禍。右圖為《忠良入獄》，出自明刊本《皇明中興聖烈傳》。明熹宗不理朝政，寵幸宦官魏忠賢為首的閹黨。閹黨為了爭權，不斷打擊報復忠臣官員。

明傳奇

明傳奇是明代戲曲的主要形制，由宋元南戲發展而來。每本可多達四十到五十齣，有對唱、合唱，可以換韻，詞曲典雅精緻。名作有較早的四大傳奇：《荊釵記》、《劉知遠白兔記》、《拜月亭》、《殺狗記》，到高明《琵琶記》、湯顯祖《牡丹亭》，與崑腔改良的《浣紗記》。清代則以孔尚任《桃花扇》與洪昇《長生殿》成就最高。

江北四鎮

江北四鎮是南明政權的四個重要軍事區域，由史可法倡議設置，領導人為黃得功、劉良佐、高傑、劉澤清。四鎮均由武將統領，又均出身於草莽流寇，互有敵意，不受史可法節制。《桃花扇》中〈爭位〉一齣，便是描述四鎮相爭的情況。右圖為清代堅白道人所繪〈爭位〉圖。

孔尚任一生走過許多地方，有些是創作《桃花扇》時重要的地點；而《桃花扇》中許多地方如今也都能故跡重遊。

石門山位於山東曲阜東北三十公里處，以兩山對峙如石門而得名。山中有石門寺，香火鼎盛時僧眾高達一百多人。李白與杜甫曾經同遊石門，以詩句「何時石門路，重有金樽開」送別。石門山的孤雲草堂則是孔尚任晚年隱居、過世的地點。

棲霞山，又名攝山，位於南京城東北角，以南北朝時山中建有「棲霞精舍」而得名。棲霞山秋季丹楓是古代「金陵四十八景」之一，棲霞寺也是歷來僧人文士喜好參訪的地點。孔尚任曾經到此拜訪道士張瑤星，詢問南明遺民情事，為《桃花扇》故事蒐集材料。

江南貢院位於南京秦淮河邊，毗鄰夫子廟，是大型的科舉考場。江蘇、安徽兩省考生都要到此應考，以取得舉人資格。考場很小，考期長達九天，應考期間不得外出。秦淮河畔的煙花柳巷，正是因應大批苦悶考生娛樂、交際的需要而生。侯方域來到南京，也是到江南貢院應試的。

石門山

棲霞山

相關的地方

江南貢院

曲阜孔林

TOP PHOTO

孔林又稱聖林，是孔子、孔鯉、子思與其子孫世代長眠的大型墓地，規模也隨時間而日漸擴大，目前共有七十八代孔家人同葬於此。聖林內樹木十萬多株，名人書法石碑成群。孔尚任曾經為康熙皇帝導覽孔林，自己死後的墳墓也在其中。左圖為孔林的神道。

媚香樓

TOP PHOTO

媚香樓，又稱媚香居，即李香君在秦淮河畔的故居，與侯方域共同生活之處，是一座三進兩院式宅第。今日的媚香樓已經重建為李香君故居陳列館，院內擺設丹桂、藤蘿、蕉葉、太湖石，以及書畫、史料等。上圖為李香君舊居媚香樓。

三山街

三山街是南京城南的著名商業街，有書鋪、畫鋪、氈貨廊和綢緞廊等，又以書鋪數量最大。清朝初年，三山街成為斬殺犯人的刑場，經歷過一段蕭條時期。《桃花扇》在〈逮社〉中說，吳應箕、陳貞慧經常逛的蔡益所書店，號稱天下書籍最富之處，便設於三山街上。

歸德

歸德位於河南省商丘市，又稱睢陽、南亳，是古代商朝帝王成湯建都之處。歸德古城建於明朝正德六年，距今已五百年。侯方域是歸德人，他所居住的壯悔堂坐落歸德古城之中。相傳李香君在此逝世，而她居住的翡翠樓今已不存。

桃花扇

　　《桃花扇》的主角是侯方域和李香君，他們不是作者虛構的角色，而是歷史中的人物。兩個人在明朝末年是響噹噹的人物，真實的人生很曲折，也令人感動。

　　作者孔尚任是清朝人，並沒見過他們，不過他花了很多時間蒐集資料，訪問許多相關的人，慢慢的把故事一點一滴的寫出來。他也親自來到秦淮河畔和棲霞山，將眼前的景物當成舞臺，再把動人的情節、對話，在腦海中演出一遍，寫成了《桃花扇》。這部作品花了十多年的時間，又再三修改才算真正完成。

　　孔尚任並不是要替他們寫傳記，只是要藉著這個聚散離合的愛情故事，來說出一些心中的想法，所以故事裡有他幻想中的情境，故事的結局也被他改寫了。他真正的用意，是希望大家了解明朝末年的社會發生了哪些事，一個國家會滅亡，不是沒有原因的。

餘孽者，進聲色，羅貨利，結黨復仇，隳三百年之地基者也。帝基不存，權奸安在？惟美人之血痕，扇面之桃花，嘖嘖在口，歷歷在目，此則事之不奇而奇，不必傳而傳者也。　──《桃花扇‧小識》

　　國家面臨災難的時候，那些在朝當官的人，有人只顧著玩樂，有人貪圖個人的利益，陷害無辜的百姓。皇帝沒有作為，官員相互鬥爭，整個國家就像是堆在沙灘上的沙堡，大浪一來，沖刷得乾乾淨淨。幾十年過去，還有誰會記得這些教訓呢？孔尚任知道，要跟世人說一個硬梆梆的道理，不如給他們一個好聽的故事。而才子、美人、桃花扇組織成一個世界，那是人人都無法抗拒聆聽的故事，那故事將會世世代代流傳，歷史的教訓也能深刻的記憶在腦子裡。

　　這齣《桃花扇》劇本完成後，在舞臺上的演出造成轟動，連清朝康熙皇帝也非常賞識，常常閱讀劇本，他認為劇本中提到貪汙的現象可以當作警惕。皇帝希望自己的國家不要犯下相同的錯誤，孔尚任的心意發揮了作用。《桃花扇》誕生到今天也有三百年了，這個故事依舊迷人，令人愛不釋手！

（丑搖手介）不許！不許！最怕的是子弟混鬧，深深鎖住樓門，只許樓下賞鑑。（生）賞鑑中意的，如何會面？（丑）若中了意，便把物事拋上樓頭，他樓上也便拋下果子來。——《桃花扇‧第五齣》

《桃花扇》是一齣劇本，演員該說什麼、該做什麼，劇本都要寫得清清楚楚，當我們看到（生），指的就是侯方域，男主角通常是眉清目秀、文質彬彬的讀書人。（丑）指的是小配角，類似小丑的角色。故事中的柳麻子原名叫做柳敬亭，是一個有名的說書人，作者故意讓他臉上長滿了麻子，在戲劇中扮演丑角。演戲除了說話還要有動作，（丑搖手介）就是一邊說話，一邊要做的動作，當他說「不許！不許！」的時候，雙手不能閒著，要很誇張的比出動作來。如果看到（大叫介），表示說話的聲音要大聲上揚，即使沒有看戲，當我們看到劇本，心中也能多幾分想像。

作者把這場「盒子會」寫得很生動，為侯方域和李香君的第一次見面營造不尋常的開場。這個聚會很有意思，精心打扮的女子帶著各種少見的珍品跟大家分享，她們也帶來拿手的樂器，不管是琵琶還是笙簫都可以，相互比較誰的演奏技巧高明，雖然說是比賽，但沒那麼嚴肅，只是一群結拜姐妹之間的玩樂。

「盒子會」是少數人的娛樂，侯方域也是聽柳麻子解釋才知道是怎麼一回事。會面的儀式很有趣，在樓下的男士先丟出一個禮物，樓上的女子如果也有意願相見，就會拋下水果當成一個訊號，表示可以見面了。侯方域早就知道李香君在樓上，他迫不及待想見到她，於是把名貴檀香木做成的香扇墜往上丟。此時樓上的女子有二、三十位，哪裡知道會是誰拋下水果呢？

一切就是那麼巧合，恰好是香君丟櫻桃回贈他，讓他心想事成。不過仔細一想，也有可能是朋友們故意安排。美若天仙的香君，一步一階慢慢往下走，更突顯她的與眾不同。

春暖花開的秦淮河畔，是才子佳人相遇的好地點，仙樂飄飄的盒子會，是醞釀見面的好情節。如果兩個人透過朋友介紹，規規矩矩的相親，那還有什麼意思呢？

李香君

　　李香君看起來柔弱典雅，個性卻一點也不嬌貴。她就像立在岸邊的岩石，不管海浪怎麼打擊，她也不會屈服。

　　古時候的女孩子，婚姻都操縱在別人的手上，自己做不了主，可是李香君不同，她嫁給自己喜歡的人，並且願意長期等待。侯方域失蹤很長一段時間，一群人來勸她再嫁給別人，她說：「等他三年、十年，甚至一百年，也不會改嫁。」她用剛烈的方式拒絕再婚，最後只好由李貞麗代替她上花轎。香君躲過了這次的逼婚，卻逃不過下一次的徵選，她的命運還很曲折呢！

　　阮鬍子要巴結皇帝，準備獻給皇上一齣戲，他現在有了權勢當靠山，可以呼風喚雨，只要他點名的人選，全都要被帶進宮廷裡學唱戲。他下令去把這些人抓來，李貞麗也在名單裡。抓人的時候，屋裡只有香君，她只好假裝自己是李貞麗，跟著走了，路上天寒地凍，一票人被帶到秦淮河畔的賞心亭。僕人大聲喊著：「阮老爺的

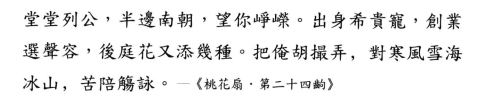

堂堂列公，半邊南朝，望你崢嶸。出身希貴寵，創業
選聲容，後庭花又添幾種。把俺胡撮弄，對寒風雪海
冰山，苦陪觴詠。 ──《桃花扇·第二十四齣》

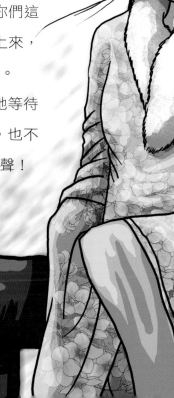

宴會，請了很多客人，你們要好好的伺候。」香君心想：「太好了！
我可以一吐心中的怨氣了。」

　　賓客陸續到了，李香君長得太出色，被點名留下來。客人喊著：
「過來幫我們倒酒，再唱一首曲子。」香君突然哭了起來：「老爺
們都是朝廷的大官，如今國家只剩一半的國土，明朝的
復興大業還得指望你們，現在只顧著飲酒作樂，你們這
些人只會危害天下！」這幾個大老爺一聽，火氣上來，
把她狠狠罵了一頓，又命令僕人將她推倒在雪地裡。

　　面對這麼多朝廷官員，李香君絲毫不畏懼，她等待
這個機會很久了！對他們謾罵當然改變不了事實，也不
會讓他們良心發現，但至少她勇敢的發出了正義之聲！

前日累你千山萬水，尋到侯郎。不想奴家進宮，侯郎入獄，兩不見面。今日奴家離宮，侯郎出獄，又不見面。還求師父可憐，領著奴家各處找尋則箇。

——《桃花扇·第三十六齣》

　　李香君身處在亂世，她曾經在秦淮河畔過著悠閒的生活，也走過顛沛流離的逃難之路。她看著明朝從安逸的歡樂，走到國破家亡，見證歷史的殘酷。

　　那一晚，宮中的演員正在臺上唱戲，音樂聲還在鏗鏘作響，繽紛的衣裙仍在臺上舞動。四周忽然一陣騷動，燈光熄滅了，宴席整個停擺，服侍皇上的太監和宮女們紛紛亂跑，演員們一看情勢不對，也趁亂逃出宮廷。原來是清軍南下的消息緊急傳到皇上耳裡，荒唐的皇帝在半夜偷偷的打著燈籠，帶著大群的嬪妃們逃跑了。這種混亂的場面，只有宮裡的人才知道，所有的大臣都被蒙在鼓裡，直到第二天清晨才知道。

　　香君回到家裡，一個人孤零零的，認識的朋友們早都逃出城去，

她纏著小腳走不遠，也沒有人願意冒生命危險陪她慢慢走。正不知所措的時候，楊龍友來了，但他只是拿回自己寄放的書畫，匆匆忙忙急著離開，根本不想帶著香君一起逃難。幸好，香君的老師正巧進來，她彷彿看見救命恩人，哭著哀求：「師父啊！我什麼時候可以跟方域團聚呢？您好不容易走遍千山萬水才找到他，可是我被捉進宮裡唱戲，他被關進監牢，我們更不可能見面了。現在，宮中的人全散了，獄中的人也都逃了，我們還是見不了面。師父，我求求您！帶著我去尋找他吧！」師父見她可憐，就帶著她一起避難。

　　天地那麼大，該往哪裡去？西北不能去，那裡有清軍駐守，他們決定往東南方的棲霞山走去，沿路打聽侯方域的消息，期待能湊巧碰上他。山路崎嶇，香君忍著腳痛，連喊都不敢喊，咬著牙一步一步行走，來到棲霞山。

　　這個風景秀麗的山巒，果然是他們兩團聚的地方，這次不是朋友刻意安排，是命運讓他們偶然相遇，歷盡滄桑的才子佳人，終於等到再次相聚的這一天。

侯方域

　　侯方域離開家到南京參加鄉試，期望能夠金榜題名，但結果令他失望。本來考完試就要回家，但因為戰爭沒有停止，為了避難無法回到家鄉，現在連寄封信給家人報平安都很困難。他就住在莫愁湖旁，「莫愁」就是叫人不要憂愁，可是現在的他怎能不憂愁呢？青青楊柳在風中搖曳，不知不覺已經過了一年。後來，落魄的書生遇見美麗的女子，一個短暫的愛情故事也展開了。

　　《桃花扇》描寫愛情，也敘述戰爭。李香君和侯方域分開後，經歷了不同的事件。李香君被帶到宮中，看見皇帝沉迷在戲劇的世界，對國家的未來毫不在意。侯方域投靠到史可法帶領的軍營裡，隨著部隊移動。這半年來他觀察到，前方戰爭打得火熱，後方的官員只想著升官。官員馬士英來信，信中寫著崇禎皇帝在煤山自殺，太子也失蹤了，所以要立福王為皇帝，他不管其他人同不同意，都要舉行登基典禮。

自去年壬午，南闈下第，便僑寓這莫愁湖畔。烽烟未靖，家信男通信難通，不覺又是仲春時候。

—《桃花扇·第一齣》

　　後來，那些支持福王的人都升官了，阮大鋮也升為兵部侍郎，他一抓住機會就報仇，侯方域當然也逃不過，被關進監牢。另一方面，史可法守住揚州城抵抗清軍，他的部下眼看打不過敵人，一個個產生投降的念頭，到最後兵力只剩三千人，根本抵擋不住，史可法難過的流下眼淚，眼淚不停的流，直到戰袍都濕透了。他打定主意，如果國家滅亡，他也不願意再活下去。

　　這個兵荒馬亂的年代，還有許多小故事，幾個逃難的人晚上住在同一家旅店，夜裡閒聊，有位老先生說他本來是個錦衣衛，大家好奇的問：「清軍打進北京城，文武百官去哪兒了？」他說：「官員走的走，藏的藏，有的不願意屈服，寧願犧牲。我當時被清兵捉住，他們把我關起來毆打，我把所有的財產拿出來，才肯放我走。但也有些官員投降，去做清朝的官了。」大家聽了感慨萬千，戰爭讓一切全都改變了。

61

（生）應急權變，到也可行。待我回寓起稿，大家商量。（末）事不宜遲，即刻發書，還恐無及，那裏等的商量？（生）既是如此，就此修書便了。

——《桃花扇·第十齣》

　　侯方域和李香君本來過著快樂的新婚生活，卻被突如其來的消息打亂了一切。兩人從此相隔兩地，導火線只是為了一封信。

　　那天，柳麻子在臺上說書，正說得口沫橫飛，楊龍友衝了進來，喊著：「我有緊急的大事。侯兄，請給我一點意見！」侯方域看他這麼驚慌，也嚇了一跳。「你還不知道嗎？鎮守武昌的左良玉將軍，因為缺軍糧，打算帶兵到南京搶糧，他可能會反叛朝廷。我聽說侯兄的父親是他的恩師，如果能寄一封信勸告他，也許會有幫助。」

　　侯方域點著頭說：「這樣的好事，一定會支持的，只是我父親隱居山林，我們要去找他來回就要三千里，恐怕來不及。」楊龍友想了想，說服侯方域寫這封信：「大家都稱你豪俠，你怎能不管國家的危難呢？就由你代替父親來寫，改天再跟他報告，他一定不會怪罪你的。」侯方域還在猶豫，想回家找人商量。此時，楊龍友催促著他，如果不馬上寫會來不及，不能再拖延了。侯方域這才提筆

寫了信，勸告左良玉打消念頭。這一封信送到武昌，果然改變左良玉的計畫。

　　過了幾天，楊龍友和幾位大臣聚在一起討論，阮鬍子一開口就說：「左良玉有膽子敢來搶糧，一定有人答應幫他開城門。」另一個聲音又說：「我也聽說有人暗中給他送信，那個人就是侯方域。」儘管楊龍友急著解釋，當時他拜託侯方域寫信，也看過信的內容，可是阮鬍子堅持信中藏著暗號，楊龍友看不懂。討論到最後，侯方域竟然成了罪魁禍首，當夜就要捉拿。

　　那個夜晚，侯方域還沉浸在香君悠揚的歌聲裡，完全不知道大禍即將臨頭。他看見楊龍友夜半來拜訪，還開心的邀請他吃宵夜，楊龍友一五一十的告訴他剛剛發生的事，也猜到以前得罪阮鬍子，現在他要報仇了。侯方域捨不得新婚的妻子，卻不得不離開，國家戰亂，這一走要相見就很難了。

楊龍友

楊龍友曾經當過縣令，後來官職被取消。他依附有權勢的人，希望能從他們身上得到利益，他的姊夫馬士英和阮鬍子都是他平日來往的對象。這些人道德觀念薄弱，什麼事都做得出來。

楊龍友來到阮府閒話家常，阮鬍子抱怨：「以前得罪一幫人，一直很難和解，只要出門遇上，不是打我就是罵我，唉！」楊龍友好心建議：「我有個好方法，這群人最聽侯方域的話，只要跟侯方域交成朋友，保證問題可以解決。我們安排他跟李香君結婚，結婚的費用你幫他出，我先假裝付錢，再慢慢跟他說。」阮鬍子立刻拿出錢給楊龍友去安排。

阮鬍子說得那麼可憐，好像是受害者，其實他並不值得同情。他的本名是阮大鋮，當年熹宗皇帝不會打理朝政，讓服侍他的宦官魏忠賢獨攬大權，阮鬍子就是跟著魏忠賢一起打壓正直的官員，許多人無緣無故被害死。後來崇禎皇帝繼位，討厭他們的作為，將魏忠賢分配到偏遠的地方，處罰他的同黨，有的處死，有的監禁，阮大鋮比較幸運，回鄉隱居。

（末）那宰相勢力，你是知道的，這番羞了他去，你
母子不要性命了！——《桃花扇·第二十二齣》

　　侯方域和香君順利的結了婚，楊龍友提到這筆錢全都是阮鬍子
出的，李香君一聽到他的名字，就氣得火冒三丈，交朋友是不可能
的。阮大鋮的惡形惡狀大家都很清楚，香君十分瞧不起他。楊龍友
被潑了一盆冷水，後來不再提起這件事，他同時和阮鬍子往來，跟
香君及侯方域的交情也還繼續存在。

　　楊龍友到底是好人還是壞人？他有時幫人做壞事，有時又良心
發現做好事。侯方域被陷害的時候，是楊龍友連夜跑去通知；可是
當侯方域走後，沒有任何音訊，他又扮演起媒人，要香君改嫁。香
君撞破了頭，他無計可施說了句：「他權大勢大，竟敢抵抗，妳們
母女不要命了。」為了自保，他立刻想了辦法，讓李貞麗替代。他
對人是關心的，可是大難臨頭他終究只想保住自己的性命。

（末）如此大亂，父子亦不相顧的。這情形緊迫，這
情形緊迫，各人自裁，誰能攜帶。

—《桃花扇·第三十六齣》

　　楊龍友心情好極了，他的嘴角揚著笑意，他巴結逢迎許多年，
終於等到一個當巡撫的機會，這個官位是他得到最好的職務。他還
沉溺在升官的滿足中，僕人衝了進來報告：「街上的人傳說，皇帝
和宰相都逃走了。」他不可置信，立刻騎上馬，外出打聽消息。馬
走到一半在路上停了下來，地上躺著兩個人，他定睛一看，是阮鬍
子和馬士英，兩人的權勢那麼大，現在竟然連外衣都沒穿，他趕緊
把他們扶起來，問清了原因。

　　大官們清早到宮中上早朝，才得到皇帝潛逃的消息。所有人趕
緊回家脫掉官服，收拾值錢的物品，準備逃亡。街道上紛紛亂亂，
有人發現官員也在逃難的路上，一車一車的貴重物品，算下來還有
十輛呢！平日受氣都不敢還手，現在朝廷都要亡了，還有什麼好怕

的？大家一聲吆喝，衝上前去搶奪，還趁機打了幾拳。阮鬍子和馬大人就這樣被打得啞口無言，狼狽的躺在地上。

「那怎麼連衣服都不見了？」楊龍友關心的問。

「亂民搶劫一空，身上的衣服也被剝下，僕人早就四散逃跑，我只剩下一條性命。」阮鬍子哀怨的回答。楊龍友命僕人拿衣服給他們穿，再送一匹馬，讓他們快快出城。「唉！我看也沒有官可以當了，還是逃回鄉下吧！」楊龍友想起還有貴重的書畫寄放在香君家，他立刻奔去。

楊龍友剛踏進門，一見香君說不到兩句話就告別，因為他要回鄉下避難去。香君一聽哭著說：「方域被關在監獄裡，您又要遠行，我一個人該怎麼辦呢？」楊龍友回說：「天下亂成這樣，父親都顧不了兒子，我也沒有辦法照顧妳了，妳還是自己決定要去哪裡吧！」

日子平順的時候，他願意幫助香君，可是在這個亂世，他卻冷酷的拒絕這個向他求救的女子。

當桃花扇的朋友

那個時代是明朝末年，清兵打進來了，新的皇帝在南方即位了，大臣們卻都忙著內鬥，整個世界都亂糟糟的。但是，江南卻像是什麼事情都沒發生一樣，一片歌舞昇平，大家忙著娛樂，只想聽曲看戲，誰還在意戰爭就在眼前？誰還在意國家就要滅亡了？

《桃花扇》裡的李香君與侯方域，正處在這樣的時代背景中，他們相遇了，卻也分開了。他們都關心國家的未來，卻也都無法做些什麼。他們的個性正直，都瞧不起那些只會相互爭鬥的人們，卻因此遭到嫉恨、報復，最後被迫分離。再次重逢時，國亡了，家也沒了，什麼都消失了，只剩下彼此傷心的故事。

這是一則愛情故事，也是一段可歌可泣的歷史。作者孔尚任並不只是要告訴我們李香君與侯方域之間的悲歡離合，而是要藉著他們的相遇與分離，還有那一把桃花扇，告訴你這段明朝興亡的歷史，是由多少戰亂與逃難，多少平民的無奈與害怕所構成。

當《桃花扇》的朋友，你會認識美麗又有才華的香君，雖然外表柔弱，內心卻堅強無比，個性更是善良又耿直。她不肯接受阮鬍子的禮物，看到大臣們在國家動盪之際還醉心遊樂，她不畏權勢，勇於站出來指責。

當《桃花扇》的朋友，你會看到在那個動亂的時代裡，人有多麼渺小。不僅無法選擇平靜的生活，連想要跟自己所愛的人相守都成為無法實現的心願。你會了解，能夠平平安安的生活，是多麼幸福！

我是大導演

看完了桃花扇的故事之後，
現在換你當導演。
請利用紅圈裡面的主題（戰爭），
參考白圈裡的例子（例如：逃難），
發揮你的聯想力，
在剩下的三個白圈中填入相關的詞語，
並利用這些詞語畫出一幅圖。

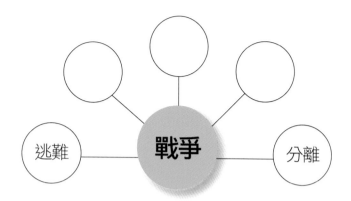

◎ 少年是人生開始的階段。因此，少年也是人生最適合閱讀經典的時候。這個時候讀經典，可為將來的人生旅程準備豐厚的資糧。因為，這個時候讀經典，可以用輕鬆的心情探索其中壯麗的天地。

◎ 【經典少年遊】，每一種書，都包括兩個部分：「繪本」和「讀本」。繪本在前，是感性的、圖像的，透過動人的故事，來描述這本經典最核心的精神。小學低年級的孩子，自己就可以閱讀。讀本在後，是理性的、文字的，透過對原典的分析與說明，讓讀者掌握這本經典最珍貴的知識。小學生可以自己閱讀，或者，也適合由家長陪讀，提供輔助說明。

◎ 【經典少年遊】，我們先出版一百種中國經典，共分八個主題系列：詩詞曲、思想與哲學、小說

001 世說新語　魏晉人物畫廊
A New Account of Tales of the World: Anecdotes in the Southern and Northern Dynasties

故事／林羽豔　原典解說／林羽豔　繪圖／吳亦之

東漢滅亡之後，魏晉南北朝便出現了。雖然局勢紛亂，但是卻形成了自由開放的風氣。《世說新語》記錄了那個時代裡，那些人物怎麼說話、如何行事。讓我們看到他們的氣度、膽識與才學，還有日常生活中的風雅與幽默。

002 搜神記　神怪故事集
In Search of the Supernatural: Records of Gods and Spirits

故事／劉美瑤　原典解說／劉美瑤　繪圖／顧珮仙

晉朝的干寶，搜集了許多有關神仙鬼怪與奇思異想的故事，成為流傳至今的《搜神記》。別小看這些篇幅短小的故事，它們有些是自古流傳的神話，有的是民間傳說，統稱為「志怪小說」，成為六朝文學的燦爛花朵。

003 唐人傳奇　浪漫的傳說故事
Tang Tales: Collections of Tang Stories

故事／康逸藍　原典解說／康逸藍　繪圖／林心雁

正直的書生柳毅相助小龍女，體驗海底龍宮的繁華，最後還一同過著逍遙自在的生活。唐人傳奇是唐朝的文言短篇小說，內容充滿奇幻浪漫與俠義豪邁。在這個世界裡，我們不僅經歷了華麗的冒險，還會到了如夢似幻的生活。

004 竇娥冤　感天動地的竇娥
The Injustice to Dou E: Snow in Midsummer

故事／王蕙瑄　原典解說／王蕙瑄　繪圖／榮馬

善良正直的竇娥，為了保護婆婆，招認自己從未犯過的罪。行刑前，她許下三個誓願：血濺白布、六月飛雪、三年大旱，期待上天還她清白。三年後，竇娥的父親回鄉審判案，他能發現事情的真相嗎？竇娥的心聲，能不能被聽見？

005 水滸傳　梁山好漢
Water Margin: Men of the Marshes

故事／王宇清　故事／王宇清　繪圖／李遠聰

林沖原本是威風的禁軍教頭，他個性正直、武藝絕倫，還有個幸福美滿的家庭，無奈遇上了欺壓百姓的太尉高俅，不僅遭到陷害，還被流放到偏遠地區當守軍。林沖最後忍無可忍，上了梁山，成為梁山泊英雄的一員大將。

006 三國演義　風起雲湧的英雄年代
Romance of the Three Kingdoms: The Division and Unity of the World

故事／詹雯婷　原典解說／詹雯婷　繪圖／蔣智鋒

曹操要來攻打南方了！劉備與孫權該如何應戰，周瑜想出什麼妙計？大戰在即，還缺十萬支箭，孔明卻帶著二十艘船出航！羅貫中的《三國演義》，充滿精采的故事與神機妙算，記錄這段風起雲湧的英雄年代。

007 牡丹亭　杜麗娘還魂記
Peony Pavilion: Romance in the Garden

故事／黃秋芳　原典解說／黃秋芳　繪圖／林虹亨

官家大小姐杜麗娘，遊賞美麗的後花園之後，受寒染病，年紀輕輕就離開人世。沒想到，她居然又活過來！這到底是怎麼一回事？明朝劇作家湯顯祖寫《牡丹亭》，透過杜麗娘死而復生的故事，展現人們追求自由的浪漫與勇氣！

008 封神演義　神仙名人榜
Investiture of the Gods: Defeating the Tyrant

故事／王洛夫　原典解說／王洛夫　繪圖／林家棟

哪吒騎著風火輪、拿著混天綾，一不小心就把蝦兵蟹將打得東倒西歪！個性衝動又血氣方剛的哪吒，要如何讓父親李靖理解他本性善良？又如何跟著輔佐周文王的姜子牙，一起經歷驚險的戰鬥，推翻昏庸的紂王，拯救百姓呢？

009 三言　古今通俗小說
Three Words: The Vernacular Short-stories Collections

故事／王蕙瑄　原典解說／王蕙瑄　繪圖／周庭萱

許宣是個老實的年輕人，在下著傾盆大雨的某一日遇見白娘子，好心借傘給她，兩人因此結為夫妻。然而，白娘子卻讓許宣捲入竊案，害得他不明不白的吃上官司。在美麗華貴的外表下，白娘子藏著什麼秘密？她是人還是妖？

010 聊齋誌異　有情的鬼狐世界
Strange Stories from a Chinese Studio: Tales of Foxes and Ghosts

故事／岑澎維　原典解說／岑澎維　繪圖／鐘昭弋

有個水鬼名叫王六郎，總是讓每天來打漁的漁翁滿載而歸。善良的王六郎會不會永遠陪漁翁捕魚？好心會有好報嗎？蒲松齡的《聊齋誌異》收錄各式各樣的鄉野奇談，讓讀者看見那些鬼狐精怪的喜怒哀樂，原來就像人類一樣。

與故事、人物傳記、歷史、探險與地理、生活與素養、科技。每一個主題系列，都按時間順序來選擇代表性的經典書種。

◎ 每一個主題系列，我們都邀請相關的專家學者擔任編輯顧問，提供從選題到內容的建議與指導。我們希望：孩子讀完一個系列，可以掌握這個主題的完整體系。讀完八個不同主題的系列，可以不但對中國文化有多面向的認識，更可以體會跨界閱讀的樂趣，享受知識跨界激盪的樂趣。

◎ 如果說，歷史累積下來的經典形成了壯麗的山河，【經典少年遊】就是希望我們每個人都趁著年少探索四面八方，拓展眼界，體會山河之美，建構自己的知識體系。少年需要遊經典。經典需要少年遊。

011 說岳全傳　盡忠報國的岳飛
The Complete Story of Yue Fei: The Patriotic General

故事／鄒敦怜　原典解說／鄒敦怜　繪圖／朱麗君

岳飛才出生沒多久，就遇上了大洪水，流落異鄉。他與母親相依為命，又拜周侗為師，學習武藝，成為一個文武雙全的人。岳飛善用兵法，與金兵開戰；他最終的志向是一路北伐，收復中原。這個心願是否能順利達成呢？

012 桃花扇　戰亂與離合
The Peach Blossom Fan: Love Story in Wartime

故事／趙予彤　原典解說／趙予彤　繪圖／吳泳

明朝末年國家紛亂，江南卻是一片歌舞昇平。李香君和侯方域在此相戀，桃花扇是他們的信物。他們憑一己之力關心國家，卻因此遭到報復。清朝劇作家孔尚任，把這段感人的故事寫成《桃花扇》，記載愛情，也記載明朝歷史。

013 儒林外史　官場浮沉的書生
The Unofficial History of the Scholars: Life of the Intellectuals

故事／呂淑敏　原典解說／呂淑敏　繪圖／李遠聰

匡超人原本是個善良孝順的文人，受到馬秀才馬二與縣老爺的賞識，成了秀才。只是，他變得愈來愈驕傲，也一步步犯錯。清朝作家吳敬梓的《儒林外史》，把官場上的形形色色全寫進書中，成為一部非常傑出的諷刺小說。

014 紅樓夢　大觀園的青春年華
The Story of the Stone: The Flourish and Decline of the Aristocracy

故事／唐香燕　原典解說／唐香燕　繪圖／麥震東

劉姥姥進了大觀園，看到賈府裡的太太、小姐與公子，瀟湘館、秋爽齋與蘅蕪苑的美景，還玩了行酒令、吃了精巧酥脆的點心。跟著劉姥姥進大觀園，體驗園內的新奇有趣，看見燦爛的青春年華，走進《紅樓夢》的文學世界！

015 閱微草堂筆記　大家來說鬼故事
Random Notes at the Cottage of Close Scrutiny: Short Stories About Supernatural Beings

故事／邱慧敏　原典解說／邱慧敏　繪圖／楊瀚橋

世界上真的有鬼嗎？遇到鬼的時候該怎麼辦？看看紀曉嵐的《閱微草堂筆記》吧！他會告訴你好多跟鬼狐有關的故事。長舌的女鬼、嚇人的笨鬼、扮傻的壞人、助人的狐鬼。看完這些故事，你或許會覺得，鬼狐比人可愛多了呢！

016 鏡花緣　海外遊歷
Flowers in the Mirror: Overseas Adventures

故事／趙予彤　原典解說／趙予彤　繪圖／林虹亨

失意的文人唐敖，跟著經商的妹夫林之洋和博學的多九公一起出海航行，經過各種奇特的國家。來到女兒國，林之洋竟然被當成王妃給抓走了！翻開李汝珍的《鏡花緣》，看看他們的驚奇冒險，猜一猜，他最後如何歷劫歸來？

017 七俠五義　包青天為民伸冤
The Seven Heroes and Five Gallants: The Impartial Judge

故事／王洛夫　原典解說／王洛夫　繪圖／王韶薇

包公清廉公正，但幸相龐太師卻把他看作眼中釘，想作法陷害。包公能化險為夷嗎？豪俠展昭是如何發現龐太師的陰謀？說書人石玉崑和學者俞樾，把包公與江湖豪傑的故事寫成《七俠五義》，精彩的俠義故事，讓人佩服！

018 西遊記　西天取經
Journey to the West: The Adventure of Monkey

故事／洪國隆　原典解說／洪國隆　繪圖／BO2

慈悲善良的唐三藏，帶著聰明好動的悟空、好吃懶做的豬八戒、刻苦耐勞的沙悟淨，四人一同到西天取經。在路上，他們會遇到什麼驚險意外？踏上《西遊記》的取經之旅，和他們一起打敗妖怪，潛入芭蕉洞，恣意冒險！

019 老殘遊記　帝國的最後一瞥
The Travels of Lao Can: The Panorama of the Fading Empire

故事／夏婉雲　原典解說／夏婉雲　繪圖／蘇奔

老殘是個江湖醫生，搖著串鈴，在各縣市的大街上走動，幫人治病。他一邊走，一邊欣賞各地風景民情。清朝末年，劉鶚寫《老殘遊記》，透過主角老殘的所見所聞，遊歷這個逐漸破敗的帝國，呈現了一幅抒情的中國山水畫。

020 故事新編　換個方式說故事
Old Stories Retold: Retelling of Myths and Legends

故事／洪國隆　原典解說／洪國隆　繪圖／施怡如

嫦娥與后羿結婚後，有幸福美滿嗎？所有能吃的動物都被后羿獵殺精光，只剩下烏鴉與麻雀可以吃！嫦娥變得愈來愈瘦，勇猛的后羿能解決困境嗎？魯迅重新編寫中國的古代神話，翻新古老傳說的面貌，成為《故事新編》。

經典○
少年遊

youth.classicsnow.net

012
桃花扇　戰亂與離合
The Peach Blossom Fan
Love Story in Wartime

編輯顧問（姓名筆劃序）
王安憶　王汎森　江曉原　李歐梵　郝譽翔　陳平原
張隆溪　張臨生　葉嘉瑩　葛兆光　葛劍雄　鄭培凱

故事：趙予彤
原典解說：趙予彤
繪圖：吳泳
人時事地：李忠達

編輯：鄧芳喬　張瑜珊　張瓊文
美術設計：張士勇
美術編輯：顏一立
校對：陳佩伶

企畫：網路與書股份有限公司
出版者：大塊文化出版股份有限公司
台北市10550南京東路四段25號11樓
www.locuspublishing.com
讀者服務專線：0800-006689
TEL：+886-2-87123898
FAX：+886-2-87123897
郵撥帳號：18955675
戶名：大塊文化出版股份有限公司
法律顧問：全理法律事務所董安丹律師

總經銷：大和書報圖書股份有限公司
地址：新北市新莊區五工五路2號
TEL：+886-2-8990-2588
FAX：+886-2-2290-1658
製版：沈氏藝術印刷股份有限公司

初版一刷：2014年5月
定價：新台幣299元